_____ 님께

오늘도 우리에게
선물 같은 하루가 주어졌습니다.
오늘 하루를 어떤 날로 만들지는
우리에게 달려 있습니다.

작은 것에도 감사하고,
작은 일에도 정성을 다하고,
소소한 일상에서도 행복을 찾아내고,

내가 먼저 웃고,
내가 먼저 칭찬의 말을 전하는
그런 하루가 되었으면 좋겠습니다.

오늘도 기분 좋은 하루,
웃음 가득한 하루 되시기 바랍니다.

## 행복하세요!

 _____ 드림

# 소소한 일상

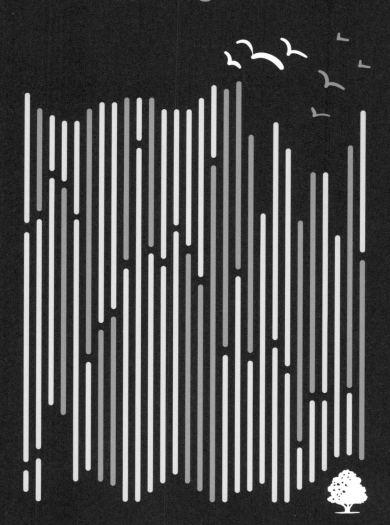

# 오늘의 의미

-토머스 칼라일

오늘을 사랑하자.
어제의 미련은 버리고
오지도 않은 내일을 걱정하지도 말자.
우리의 삶은 오늘의 연속이다.
오늘이 30번 모여 한 달이 되고
오늘이 365번 모이면 일 년이 되고
오늘이 3만 번 모여 일생이 된다.

길을 걷다가 돌을 보면
약한 자는 그것을 걸림돌이라고 하고
강한 자는 그것을 디딤돌이라고 한다.

# 새로운 시작을 준비하며

벌써 세밑이다. 서점에 들러서 몇 권의 책을 사고 새 다이어리 한 권을 샀다. 한 해를 마감하고 새해를 맞이하는 나만의 의식이다. 다이어리 첫 장 속표지에 새해를 맞이하는 마음과 태도를 담은 짧은 글 하나를 적어넣는다. 작년에는 "Be myself"라고 적었다. '나다움'이 무엇인지를 찾고 '나답게 살고 싶다.'는 소망을 담은 말이었다.

새해에는 또 어떤 마음과 어떤 태도로 살아갈 것인가. 한참을 고민하다가 사자성어 하나를 적어넣는다. 습정투한<sup>習</sup>靜偸閑, 굳이 직역하자면 '고요함을 익히고 한가로움을 훔친다.'라는 뜻이다. 세상사에 휘둘리지 않고 고요히 자신을 들여다보고, 조급해하지 않고 좀 더 여유로운 마음으로 살아가기를 바라는 마음이다.

최근, 인도 케랄라주 코타얌에 사는 한 할머니의 이야기가 해외 토픽에 소개되었다. 올해 나이 104세인 쿠띠야마 할머니가 그 주인공이다. 가난한 농촌에서 태어난 그녀는 어렸을 때부터 11명이나 되는 형제자매를 돌보며 집안일을 하느라 학교 문턱에도 가보지 못했고, 열여섯이 되던 해에 결혼해서 다섯 자녀를 낳은 뒤에도 종일 집안일에 파묻혀 살았다. 그 덕에 평생을 까막눈으로 살아야 했다. 매일 아침 눈뜨기 무섭게 가족들 식사를 준비하고 가축의 먹이를 주는 것이 그녀의 주된 일과였다. 그렇게 한 세기를 보냈던 할머니의 일상에 작년부터 새로운 변화가 생겼다. 집으로 배달된 조간신문을 읽는 일이 아침 일과에 추가된 것이다. 새로운 이웃이 된 레나 존을 만나면서 쿠띠야마 할머니의 인생에 변화가 생겼다.

레나 존은 문맹 퇴치사였다. 할머니의 부탁으로 틈날 때마다 신문을 읽어주던 존은 쿠띠야마 할머니의 학구열을 확인하고 매일 저녁 읽기와 쓰기를 가르치기 시작했다. 단어부터 시작한 공부는 문장으로, 그리고 간단한 책을 읽는 순서로 넘어갔고, 쿠띠야마 할머니는 케랄라주에서 시행한 문해력 시험에 응시했다. 결과는 100점 만점에 89점, 우수한 성적으로 합격증을 받아냈고, 응시자 중 최고령 합격자라는 기록도 세웠다. 늦공부에 재미가 붙은 쿠띠야마 할머니의 다음 목표는 인도 학생들이 9세에 보는 시험에 합격하는 것이라고 한다. 계획대로라면 할머니는 105세가 되는 새해에 또 다른 시험을 치르는 것이다.

배움에는 나이가 따로 없다고들 하지만, 104세의 나이에 글공부를 시작한 쿠띠야마 할머니의 이야기는 감동을 넘어 많은 것을 생각하게 만든다. 사는 동안 우리는 나이를 핑계 삼아 너무 많은 것을 포기하고 있는 것은 아닌지…. '5년만 젊었어도…시도해 보는 건데.' 또는 '이 나이에 무슨….' 이런 식의 자조와 푸념은 자신의 게으름과 의지박약을 숨기기 위한 그럴듯한 핑계에 불과했다는 것을 쿠띠야마 할머니의 이야기를 통해 깨닫게 된다.

쿠띠야마 할머니는 오늘도 새로운 도전을 준비하고 있다.

# 작심삼일? 작심삶일!

　새해가 시작된 지 벌써 2주가 지났다. 해마다 이맘때쯤이면 주변에 '작심삼일作心三日 증후군'을 앓는 사람들이 하나둘 늘어난다. 연말연시에 굳은 결심을 하고 새롭게 세운 계획들이 흔들리고 균열이 생기기 시작하는 시기이기 때문이다.

　새해 결심을 연말까지 지켜낸 경우는 고작 8%에 불과하고, 일주일을 채 넘기지 못하는 경우도 27.4%나 된다는 학자들의 연구 결과를 보면, '작심삼일'은 의지박약한 특정인의 문제가 아니라 거의 모든 사람이 경험하는 인지상정에 가깝게 느껴진다. 그리고 새로운 결심이나 계획들이 대부분 작심삼일에 그치는 이유는 역설적으로 작심의 내용이 대부분 새로운 습관, 새로운 목표이기 때문인 경우가 많다. 평소의 습관이나 생활방식을 갑자기 멈추거나 정반대로 바꾸는 일이기에 실천하기가 어렵고 힘든 것이다.

영국 런던대학교 심리학과 제인 워들 교수는 2010년 96명의 참가자를 통해서 건강을 위한 좋은 습관 하나를 만드는 데 걸리는 시간을 연구했다. 그중 물을 자주 마시겠다는 목표를 세운 그룹은 습관이 붙기까지 20일이 걸렸고, 식후 과일 한 조각을 챙겨 먹겠다는 그룹은 40일, 식사 전에 15분씩 달리기를 하겠다는 그룹은 50일, 매일 모닝커피를 마시고 윗몸일으키기 50회를 하겠다는 그룹은 무려 84일 만에 습관이 생겼다고 한다. 좋은 습관 하나를 만드는 데 평균적으로 66일의 시간이 필요하다는 말이다.

최근 미국 CNN에서 '작심삼일'을 물리치기 위한 특별한 전략을 소개했다. 이 전략은 행동 과학자들의 연구 결과에 따른 것으로, 시간과 공간을 구체적으로 정해 목표를 세울 것, 벌칙 조항을 만들 것, 매혹적인 보상과 결합하고, 응급 상황의 경우에는 예외를 허용할 것, 목표를 이미 성취한 사람들로부터 도움을 받을 것 등 5가지다.

동서양을 막론하고 작삼삼일이 새해의 화두인 모양이다. 작심삼일은 본래 두 가지 뜻으로 쓰였다. 하나는 '사흘을 두고 생각하고 생각한 끝에 비로소 결정을 보았다.'는 뜻으로 작심의 신중함을 의미하며, 다른 하나는 '마음을 단단히 먹었더라도 그 결심을 지키기가 쉽지 않다.'는 부정적인 의미를 담고 있다. 우리가 자주 쓰는 작심삼일은 후자에 속한다. 이렇게 부정적이고 스트레스까지 동반하는 행위를 우리는 왜 되풀이하고 있는 것일까? 그것은 다람쥐 쳇바퀴 같은 일상 속에서도 우리가 여전히 희망을 간직하고 있고, 늘 새로운 변화를 갈망하고 있다는 증거일 것이다.

지금 무언가를 소망한다면 작심부터 해야 한다. 그것이 작심삼일이든 작심백일이든 중요하지 않다. 일단 작심을 하고 시도한다는 사실이 중요하다. 전문가들은 여기에도 고도의 전략이 필요하다고 말하지만, 굳이 그렇게까지 치밀하지 않아도 괜찮다. 그냥 작심하고 시도하는 것만으로도 충분하다. 1월에 실패했다면 2월에 다시 시작하면 된다. 2월에도 작심삼일을 되풀이했다면 3월에 다시 시작하면 된다.

작심삼일을 되풀이한다고 자학하지 말자. 작심삼일은 시간만 낭비하는 어리석은 일이 아니다. 작심하고 또 작심하는 것이 우리의 삶이고 일이어야 한다. 아무것도 시도하지 않으면 후회만 남지만, 작심삼일은 경험이라는 소중한 자산을 안겨준다.

# 고향 가는 길을 추억하며…

설날을 앞두고 마음이 싱숭생숭하다. 해마다 이맘때면 마음은 벌써 고향에 닿아 있었다. 부모님과 친지들에게 돌릴 명절 선물을 준비하고 자동차 엔진오일과 타이어 공기압을 확인한 후 세차까지 마쳤다. 단정하게 머리를 다듬는 일도 잊지 않았다. 그리고 아내와 아이들과 함께 언제 출발하면 좋을지를 상의했다. 아이들의 일정과 교통상황까지 고려하다 보면 대체로 새벽에 출발하는 경우가 많았다.

고향 가는 길은 장장 400km에 달하는, 최소 6시간 이상 걸리는 장거리 운행이기에 이것저것 준비할 것이 많았다. 아내는 새벽 3시쯤 일어나서 커피를 타서 보온병에 담고 사과나 바나나, 과자 등 간식거리를 준비했다. 새벽에 출발하다 보면 너무 이른 시간이라서 휴게소에 들르더라도 화장실만 이용할 수 있고, 식당이나 다른 휴게시설은 모두 문이

닫혀 있기 때문이었다.

출발한 지 30분도 안 돼서 도로가 막히기 시작한다. 평소 30분이면 갈 수 있는 톨게이트를 통과하는 데에만 2시간 가까이 소요된다. 주차장을 방불케 하는 고속도로에서 가다 서기를 반복하고 차 안에서 대충 끼니를 때우면서도 힘든 줄 몰랐다. 버선발로 뛰어나와 반갑게 맞아줄 어머니의 모습을 생각하면 그 모든 것이 설렘을 증폭시키는 장치로만 느껴졌다.

그렇게 6시간 이상, 때로는 10시간 가까이 걸려서 고향 집에 도착하면 어머니는 차 소리만 듣고 대문 앞까지 뛰어나오셨다. 분주하게 차례 음식을 장만하시면서도 오매불망 자식들이 당도하기만을 기다린 것이다. "엄니, 저희 왔습니다." 인사와 함께 한 발 다가가 두 팔을 벌리면 어머니의 작은 몸이 품 안으로 쏙 들어왔다.

"아야, 먹을 것이 천진디 뭣 할라고 이런 걸 사 오냐?" 준비해온 선물꾸러미를 툇마루에 내려놓으면 어머니는 한결같이 이렇게 말씀하셨다. 자식의 나이가 사십을 넘어가도 어머니는 여전히 자식의 주머니를 걱정했다. "시장하지야? 요거라도 묵고 있어라잉." 숨돌릴 틈도 없이 어머니는 쟁반에 전과 인절미 등을 내오셨다. 조청에 따끈한 인절미를 찍어 먹는 순간 장거리 운전의 피로가 한순간에 날아가는 느낌이다. 인절미 한 조각을 맛보기 무섭게 이번에는 삶은 주꾸미를 들고 나오신다. "느그들이 온다고 해서 새벽에 장에 가서 사왔는디 영판 실하다야, 언능 한입 해봐라." 내가 가장 좋아하는 음식이다. "할머니는 맨날 아빠가 좋아하는 것만 주시네. 아빠 밖에 안 보이시나 봐." 시골에 내려올 때마다 재현되는 장면을 보며 손녀가 부러움 섞인 한마디를 한다. 그 말에 어머니는 웃으며 대답한다. "그라제. 내 아들이 우선이고, 내 아들이 최고제." 툇마루 가득 햇살 같은 웃음소리가 울려 퍼졌다.

　그런 어머니가 지금 내 곁에 없다. 때아닌 소나기가 병실 창문을 세차게 두드리던 밤, 가쁜 숨을 몰아쉬며 먼 길을 떠나버린 어머니. 그렇게 황망하게 어머니를 떠나보내고 세 번째 맞이하는 설날이지만 아직도 혼자라는 사실이 실감나지 않는다. 해가 지나갈수록 회한만 쌓여간다. '아! 그때 이렇게 해 드릴걸. 그땐 왜 깨닫지 못했을까.' 돌이킬 수 없는 세월이 야속하기만 하다. 그래, 그것이 무엇이든 있을 때 잘 하고 볼 일이다.

# 친절한 나의 영애 씨!

해마다 봄이 다가오면 기다려지는 게 있다. 일주일이 멀다 하고 날아오는 택배 상자다. 간혹 아내나 아들이 주문한 물건도 있지만, 열에 아홉은 영애 씨가 보내온 것들이다. 영애 씨가 보내온 택배 상자에는 싱그러운 고향의 봄이 한가득 담겨 있다. 봄동부터 시작해서 쑥과 달래, 냉이가 당도하고, 뒤이어 고사리와 돌미나리, 두릅 순, 방풍나물 등이 차례로 초인종을 눌러댄다. 영애 씨는 친절하다. 각종 푸성귀를 보내면서 직접 담근 된장과 고추장을 넣는 것도 잊지 않는다. 택배를 잘 받았는지 직접 확인하는 해피콜은 덤이다. 해피콜 대사는 늘 한결같다. "어짜끄나, 보낼 것이 이것뿐인디." 영애 씨가 보낸 택배는 연두보다 빠른 봄의 전령사가 된다.

영애 씨는 내년이면 구순이 된다. 평생 눈만 뜨면 들판과 논밭을 헤집고 다니느라 허리는 땅에 닿을 듯 굽어지고, 두

손의 관절은 돌산에 박힌 나무뿌리처럼 울퉁불퉁 구부러져 그 흔한 금가락지 하나 끼울 수도 없다. 그래도 그녀는 하루도 손에서 일을 놓지 않는다.

요즘 영애 씨는 밤마다 어린 고라니처럼 웅크린 자세로 누워 끙끙 앓는다. 온 삭신이 쑤시고 어디 하나 온전한 구석이 없지만, 그녀는 여전히 첫닭이 울기 무섭게 호미와 괭이를 실은 보행기를 밀며 들로 향한다. 그 시간이 영애 씨에게 제일 행복한 시간이다. 택배를 받아볼 육 남매를 생각하면 절로 입가에 미소가 지어지고 기운이 솟는다.

오늘도 현관 앞에 택배 상자 하나가 놓여 있다. 굳이 운송장을 확인하지 않아도 이번에도 영애 씨가 보낸 게 틀림없다. 상자 포장도 깔끔하게 마감한 영애 씨. '이번엔 또 뭘 보내신 걸까?' 박스를 열어보던 아내가 갑자기 넋을 놓고 우두커니 서 있다가 한참 만에 툭, 한마디를 내뱉는다. "이러다가 엄마가 나도 못 알아보면 어떡하지?" "뭔데 그래?" 한발 다가가 상자를 들여다본다. 잘 개켜진 10여 벌의 옷가지와 호박즙 파우치 등이 들어 있다. 자세히 보니 양말도 들어 있고 남자 속옷도 보인다. 새 옷도 아니고 한두 번 입었던 옷들이다. 그 순간 아내의 전화벨이 울린다. 영애 씨의 전화다. "아야, 느그 성하고 성부가 안 입는 옷들 좀 싸서 보냈다. 여기는 옷이 쌔부렀다마다. 그란디 몸에 맞을랑가 모르것다. 곽서방도 좋은 놈 하나 골라서 입으라고 해라." 목울대가 뜨거워지고 코끝이 찡해진다.

십여 년 전부터 영애 씨는 보청기를 사용했다. 희미해지는 시력만큼 청력도 희미해지고 있었고, 지난해부터는 기억마저 하나둘 흐려지기 시작했다. 병원에서는 치매가 진행되고 있다고 했다. 자식들은 비밀에 부쳤지만, 하루가 다르게 기운이 떨어지고 거동이 느려지는 것을 체감한 영애 씨는 더는 자신의 육신을 담보로 자식들에게 내줄 것이 없다는 것을 직감한 모양이다. 그러지 않고서야 이런 택배를 보낼 리가 없다. 영애 씨는 이제 자신의 영혼까지 자식들에게 내줄 모양이다. 기억의 창고에서 반짝이는 기억들을 꺼내 하나둘 택배 상자에 눌러 담는 영애 씨의 모습이 눈에 선하다.

나는 소망한다. 구순이 된 영애 씨의 봄을!

내년에도 봄이 찾아오기를, 여전히 봄 내음 가득한 택배 상자가 당도하기를 간절히 소망해 본다.

# 인생

-라이너 마리아 릴케

인생을 꼭 이해할 필요는 없다.

그냥 내버려 두면 인생은 축제가 되는 것.

길을 걸어가는 아이가

바람이 불 때마다 날아오는

꽃잎들의 선물을 받아들이듯

하루하루가 네게 그렇게 되도록 하라.

꽃잎들을 모아 간직해 두는 일 따위에

아이는 연연하지 않는다.

아이는 제 머리카락 속으로 날아든

꽃잎들을 살며시 떼어내고

사랑스러운 젊은 시절을 향해

새로운 꽃잎을 향해 두 손을 내민다.

# 행운을 부르는 주문

"넌 항상 운이 좋은 것 같아."

"어이, 행운의 사나이! 요즘은 뭐 좋은 일 없으신가?."

친구들이나 주변 사람들이 나에게 자주 하는 말이다. 길을 가다가 돈벼락을 맞은 일도 없고 로또복권 1등에 당첨된 적도 없는데 다들 그렇게 말한다. 이유는 하나다. 친구들이나 지인들을 만날 때마다 가능하면 기분 좋은 이야기나 운이 좋았던 에피소드를 들려주었던 것뿐이다. 오랜만에 만나는 사람들에게 굳이 불쾌했던 기억이나 구질구질한 이야기를 하고 싶지 않았다. 그래서 경조사 등 특별한 경우가 아니라면 고민이 있거나 힘든 일이 있을 때는 외출이나 만남을 자제했다. 가능하면 좋은 날, 좋은 사람들을 만나서 좋은 음식과 좋은 이야기를 함께 나누고 싶었다.

부득이하게 안 좋은 소식을 전해야만 하는 상황에서는

특유의 화법으로 유머러스한 분위기를 만들려고 노력했다. 한 번은 고속도로에서 추돌사고를 당한 적이 있었다. 새벽 여섯 시, 안개 자욱한 고속도로에서 뒤따라 오던 차가 내 차를 들이받은 큰 사고였다. 졸음운전 사고였다. 다행히 앞차와의 안전거리를 충분히 확보하고 있었고, 추돌지점이 후방범퍼의 정중앙이어서 내 차가 좌우로 튕겨 나가지는 않았다. 덕분에 2차 사고를 예방할 수 있었다. 그래도 시속 100km 이상의 속도로 들이받힌 사고라서 그 후유증이 상당했다. 3개월 가까이 정형외과와 한의원을 다니며 치료를 받아야 했다. 뒤늦게 사고 소식을 전해 들은 친구들이 어떻게 된 일이냐고 물어올 때면 아무렇지 않은 듯 이렇게 말하곤 했다. "당뇨 부작용인가? 아무래도 내 똥꼬에서 단내가 나나 봐. 자동차들이 자꾸 꽁무니를 들이받네. 그래서 이번 기회에 화장실 변기를 향기 나는 비데로 바꿔볼 생각이야." 그 말에 친구들도 장난스럽게 맞장구를 친다. "역시 행운의 사나이야! 어디, 나도 단내 한번 맡아볼까?" 다시 생각해도 위험천만한 사고였지만 이미 지나간 일에 새삼스럽게 심각할 필요도 없기에 그렇게 한바탕 웃고 말았다.

'행복해서 웃는 게 아니라 웃어서 행복한 것이다.'라는 말이 있다. 실제로 힘든 상황에서도 애써 웃다 보면 기분이 좋아지고 자꾸 웃을 일이 생기는 걸 체험하게 된다. 웃는 것만으로도 긍정의 에너지가 발생하는 것이다. 우리의 뇌는 진짜 웃음과 가짜 웃음을 잘 구별하지 못한다고 한다. 그래서 억지로라도 웃으면 심리적으로 유쾌한 상태가 만들어지고 육체적으로도 상승 에너지가 발생하게 된다.

빌 게이츠는 현역 시절, 매일 새벽 3시에 기상해서 7시 30분이면 회사에 출근하곤 했는데, 잠자리에서 일어나자마자 두 가지 성공 주문을 외운 것으로도 유명하다. "나는 무엇이든 해결할 수 있는 능력이 있다." "왠지 오늘은 큰 행운이 생길 것 같다." 이렇게 아침마다 주문을 외며 스스로 긍정의 에너지를 충전하고 하루를 시작했다. 모르긴 해도 그 주문을 외울 때 빌 게이츠는 결의에 찬 모습이거나 자신감 넘치는 밝은 미소를 짓고 있었을 것이다. 긍정의 생각은 밝고 활기찬 에너지의 원천이 되고, 웃는 얼굴로 하루를 시작할 수 있는 여유를 안겨준다.

아침마다 거울을 보며 웃음을 지어보자. 분명 어제보다 활기차고, 어제보다 행복한 오늘을 만들어 갈 수 있을 것이다.

# 돌아보면 감사한 것들

개나리와 진달래가 만개하고 벚꽃이 앞다퉈 하얀 꽃망울을 터트리고 있다. 눈부신 봄날이다. 황량하던 산과 들은 하루하루 연두를 겹쳐 입고 거리마다 꽃비가 흩날리기 시작한다. 향기로운 봄이 절정으로 치닫고 있다. 이런 계절의 변화와는 무관하게 몸은 여전히 찌뿌드드하다. 코로나 확진의 후유증일까? 아니면 여전히 일교차가 큰 날씨 때문일까?

얼마 전, 코로나 확진 판정을 받았다. 다행히 증상이 가벼워서 - 열도 나지 않고 목이 잠기고 가래가 끓는 게 전부였다 - 견딜 만했지만, 일주일 동안 자가격리를 해야 하는 일이 고역이었다. 매일 하던 된 산책도 할 수 없었고 집 안에서도 가족들과 동선이 겹치지 않도록 움직임을 최소화해야 했다. 5일 만에 다시 음성판정을 받았고 일주일을 다 채운 후 자가격리에서 벗어날 수 있었다. 하지만 그다음부터가 문제였다. 도무지 기운이 나지 않고 기면증이라도 걸린 듯 시시때때로 졸음이 쏟아졌다. 벌써 한 달이 다 되어 가지만 몸이 예전 같지 않다. 산책도 힘에 부치고 자꾸 한기가 느껴진다.

봄이 한창인데도 새벽 공기는 여전히 쌀쌀하다. 패딩 지퍼를 목까지 끌어올리며 오늘은 무슨 일이 있어도 몸에 남아 있는 한기를 털어버리고 묵은 때를 말끔히 밀어내야겠다고 작심을 한다. 3년 만에 동네 목욕탕을 간 것이다. 휴일 새벽이라서 그런지 목욕탕엔 손님이 없었다. 라커룸을 청소하는 직원만 보일 뿐이었다. 탈의하고 목욕탕 안으로 들어섰다. 따뜻하면서도 습한 특유의 공기가 온몸을 휘감았다. 정말 오랜만에 느껴보는 기분 좋은 감촉이다. 샤워를 간단히 하고 열탕으로 향했다. 손끝으로 수온을 확인한 후 발을 먼저 담그고 서서히 몸을 밀어 넣었다. 열탕의 뜨거운 열기가 온몸을 마사지하는 느낌이다. '아~, 좋다!' 감탄사가 절로 튀어나온다. 열탕에서 몸을 적당히 데운 다음 냉탕으로 입수한다. 차가운 물이 피부에 흡수되어 세포 하나하나에 청량감을 전달해준다. 다시 열탕으로 들어가서 본격적으로 반신욕을 시작한다. 탕 안에 몸을 반쯤 담그고 10분 정도 앉아 있으면 이마에 땀방울이 맺히기 시작하다가 금

세 비 오듯 땀이 쏟아진다. 그때 다시 냉탕으로 향한다. 이렇게 세 차례 정도 반복하면 몸이 날아갈 듯 가벼워진다. 목욕을 즐기는 나만의 루틴이다.

한 달에 두 번 정도 즐기던 이 '소확행'을 코로나 때문에 3년 가까이 멀리해야만 했다. 집에서 아침저녁으로 샤워를 하지만 목욕탕에서 맛보는 시원함과 개운함과는 그 결이 다르다. 3년 동안 잊고 지냈던 목욕의 즐거움을 만끽하고 기분 좋은 휴일 아침을 시작할 수 있었다.

"감사합니다!" 목욕탕을 나서면서 매표소 앉은 직원에게 큰소리로 인사를 했다. 개운해진 몸만큼, 좋아진 기분만큼 진심이 담긴 인사였다. 이렇게 어려운 시기에 묵묵히 자리를 지키고 있는 직원들과 여전히 사업을 유지하고 있는, 얼굴도 모르는 목욕탕 사장에게 절로 감사한 마음이 생겼다.

서울시 수돗물 사용량이 코로나 이전 대비 3천만 톤이나 감소했다고 한다. 특히 목욕탕의 수돗물 사용량이 절반으로 줄었는데, 코로나 발생 이후 서울시 목욕탕 938개소 중 184개소나 폐업한 것이 가장 큰 이유라고 한다. 이런 시국에 동네에서 목욕을 즐겼다는 건 큰 행운이고 행복이 아닐 수 없다. 조금만 주변을 돌아보면 감사한 일, 감사한 사람들이 가득하다. 오늘도 감사함이 넘치는 휴일 아침이다.

# 기꺼이 불편함을 감수해야 할 때

아침마다 머리를 지끈거리게 하던 '결정 장애 증후군'이 하루아침에 말끔히 사라졌다. 이제야 평온한 일상을 되찾은 기분이다. 매일 아침 자동차로 출근할지, 아니면 대중교통을 이용할지를 두고 결정 장애에 빠진 것은 오미크론 바이러스가 확산하면서부터였다. 그러다가 하루 확진자 수가 20만 명을 넘어서는 순간부터 고민하지 않고 자동차로 출근을 했다. 기저 질환자에 해당하는 터라 망설일 이유가 없었다. 다행히 60만 명까지 치솟았던 확진자 수가 10만 명이하로 서서히 감소하고 있고, 지난 4월 18일부터 마침내 마스크 착용을 제외한 모든 '거리두기' 정책이 해제되면서 3년 만에 코로나 이전의 일상으로 바짝 다가선 느낌이다. 그와 동시에 고민도 사라졌고, 그 덕분에 오늘도 뒤돌아보지 않고 골목을 걸어나간다.

나는 자동차를 이용하기보다는 걷는 걸 좋아한다. 먼 거리를 이동할 때도 가능하면 대중교통을 이용하는 편이다. 그렇다고 특별히 환경주의자도 아니고 제로 웨이스터$^{zero}$ $_{waster}$는 더욱 아니지만, 뉴스를 통해 지구촌 곳곳의 기후 위기와 생태계의 이상 징후에 대한 소식을 접할 때마다 심각한 경각심을 가지게 된다.

지구 온난화로 지금 이 순간에도 빙하가 녹아내리고 있다. 과학자들은 2040년이면 북극의 빙하가 완전히 사라질 것이라고 경고하고 있다. 빙하가 사라지면 우리에게 어떤 변화가 일어날까? 얼마 전 한 다큐멘터리 프로그램에 소개된 북극의 바다코끼리를 통해서 그 답을 찾을 수 있었다. 북극의 바다코끼리는 바닷속에서 조개나 연체동물을 잡아먹으며 살아가는데 먹이 사냥을 하지 않을 때는 얼음판 위로 올라와서 휴식을 취하고 번식 활동을 한다. 그런데 해빙이 녹으면서 바다코끼리의 쉼터가 사라지고 있다고 한다. 쉴 곳을 잃은 바다코끼리들이 떼를 지어 해안가로 몰려드는 모습은 충격적이었다. 일부 바다코끼리들은 비좁은 해안가를 벗어나 가파른 절벽을 기어오르기도 했는데, 휴식을 끝내고 다시 바다로 나가면서 많은 바다코끼리가 절벽에서 추락해 죽어갔다.

기후변화로 생존을 위협받고 있는 것은 바다코끼리만이 아니다. 세계 최대의 열대우림으로 손꼽히는 인도네시아의 칼리만탄에서는 건기만 되면 숲이 불타오른다고 한다. 팜유 농장을 만들기 위해 기업들이 일부러 숲을 불태우는 것이다. 숲이 사라지면서 원주민과 숲속 동식물들이 갈 곳을 잃거나 죽어가고 있다. 팜유 농장의 무분별한 확장은 버려지는 음식물쓰레기와 관련이 있다. 한 해 동안 지구에서 생산되는 음식은 40억 톤에 달하는데 그중 3분의 1은 식탁에 오르기도 전에 버려진다고 한다. 우리나라에서도 매년 1조 5400억 원에 달하는 식품이 포장도 뜯지 않은 채 버려지고 있다. 이렇게 버려지는 음식물쓰레기가 지구 온난화의 주범으로 꼽힌다. 인류가 배출하는 전체 탄소 배출량의 8%가 음식물쓰레기에서 나오기 때문이다. 버려지는 음식물쓰레기만큼 새로운 식품의 수요가 늘어나고 그 수요만큼 숲이 대형 농장으로 개간되는 악순환이 반복되는 것이다.

점심을 먹으러 나가면서 휴대전화와 지갑을 챙기고 텀블러도 챙긴다. 텀블러 하나 더 챙기는 일인데도 솔직히 귀찮고 번거롭다. 그래도 습관을 들이려고 노력하는 중이다. 지구인으로 살아가는 것에 감사한다면 이제는 기꺼이 약간의 불편함 정도는 감수해야 할 때이다.

# 웃는 얼굴, 감사하는 마음

휴대폰 전화벨이 울렸다. 보이스 톡 특유의 벨 소리다. 캐나다에 유학 가 있는 딸의 전화가 분명했다. 전화를 받자마자 딸 특유의 씩씩한 목소리가 들려온다. "아빠? 난 역시 트렌디한 여잔가 봐?" "갑자기 무슨 트렌디??" "나 사실은 며칠 전에 코로나 확진 판정받았어. 이런 세계적인 유행에 내가 빠질 순 없지. 신종플루가 유행일 때도 동참했었잖아. 난 역시 트렌디한 여자야."

'확진'이란 단어를 듣는 순간 숨이 멎는 줄 알았다. '아, 올 것이 왔구나!' 싶었다. 뉴스에나 나오는, 남의 일만 같던 일이 드디어 내 가족에게서도 발생하고 말았다.

딸은 5년 전 캐나다로 건너가서 일과 공부를 병행하고 있다. 처음 두 해 동안은 방학 기간을 이용해서 1년에 한 번씩 귀국했다가 한 달 정도 머물다 갔었는데, 코로나 19가

발생하면서 오도 가도 못하는 신세가 되었다.

다행히 증상은 심하지 않은 것 같았다. 열이 나고 몸살 기운이 있는 정도라고 했다. 3~4일 정도 앓고 나서 조금씩 정상 컨디션을 찾아가는 모양이다. "근데. 그곳에서도 확진 자들에게 약이나 음식 제공이 돼?" "노노! 1도 제공 안 됨. 그냥 집에서 직접 타이레놀 사 먹고 쉬는 게 전부야." "사회 복지가 잘 돼 있다고 소문난 캐나단데?" "그니까! 그러고 보면 대한민국이 최고야. 여긴 역학조사도 제대로 안 해서 어디서 어떻게 감염된 건지도 모른다니까."

연고도 없는 낯선 땅에서 혼자서 자가격리를 하고 있을 딸 생각에 가슴이 먹먹해졌다. 마치 커다란 돌덩이 하나를 얹어놓은 것 같았다. 그래도 아무렇지 않은 듯 여전히 씩씩 하고 유쾌한 딸의 목소리에 조금은 안심이 되었다. 지금 이 순간 누구보다도 자신이 제일 힘들고 두려울 텐데 그 와중 에도 자신을 트렌디한 여자라며 우스갯소리를 하는 딸이 대견스러웠다. 딸이 이 상황을 잘 이겨내기를 빌었다.


20여 년 전, 어느 날 초등학교에 다니던 딸아이가 물었 다. "아빠, 우리 집 가훈이 뭐야?" 갑작스러운 물음에 적잖 이 당황했다. "어? 갑자기 가훈은 왜?" "오늘 과제가 가훈 적어오는 거라서." "그래? 그럼 우리 같이 가훈을 무엇으로 정할지 가족회의를 해볼까?" 그렇게 해서 선정된 가훈이 '웃는 얼굴, 감사하는 마음'이다. 아이들이 세상을 살아가면서 어떤 상황에서도 웃을 수 있는 여유와 작은 것에도 감사하는 긍정의 마음을 가지기를 바라는 소망을 담은 것이었다. 그것 때문은 아니겠지만 다행히 세 아이 모두 건강하고 씩씩한 성인으로 자라주었다. 감사하고 또 감사한 일이다.

30여 분간 재잘거리던 딸의 음성이 조금씩 낮아진다. 이제 통화를 마무리해야 할 시간이 됐다는 신호다. "딸, 아무튼 잘 먹고, 잘 웃고, 즐겁게 보내. 금세 좋아질 거야." "알았어. 아빠도 건강관리 잘 하셔용." 전화를 끊고 곧바로 욕실로 향했다. 찬물로 세수를 하고나서 거울을 보며 애써 웃음을 지어본다. 그리고 주문을 외우듯 혼잣말을 한다. "그래, 그만하길 다행이고 감사한 일이야. 다 잘 될 거야!"

# 무엇이 무거울까?

-로제티

무엇이 무거울까?
바닷가 모래와 슬픔 중

무엇이 짧을까?
오늘과 내일 중

무엇이 약할까?
봄꽃들과 청춘 중

무엇이 깊을까?
바다와 진리 중

# 마음을 토닥여주는 것들!

한 달에 두세 번 들르는 동네 식당이 있다. 특별한 이유 없이 우울해지거나 기운이 없을 때마다 혼자 찾아가는 식당이다. 테이블 일곱 개가 놓인 그 식당에는 70대의 할머니 사장님이 30년째 자리를 지키고 있다. 자리를 잡고 앉으면 사장님은 물병과 컵을 테이블에 내려놓으며 늘 이렇게 묻는다. "팥 칼국수?" 나도 한결같은 말로 화답한다. "네, 면은 조금만 주세요."

바지락 칼국수 전문 식당이지만 할머니는 의례 내가 팥 칼국수를 주문할 것을 알고 계신다. 하긴 20여 년간 이 식당을 이용하면서 다른 메뉴를 먹어본 기억이 없으니 그럴 만도 하다. 이곳에서는 바지락 칼국수와 보리밥, 왕만두, 그리고 내가 좋아하는 팥 칼국수까지 총 4가지 메뉴만 판매한다. 나도 사람인지라 가끔은 보리밥이나 콩국수에 마음이 흔들

릴 때도 있지만 결국 내가 선택한 메뉴는 늘 팥 칼국수다. 잘 익은 열무김치에 모락모락 김이 나는 팥 칼국수 한 그릇을 비우고 나면 왠지 마음이 푸근해지고 기운이 솟는 느낌이다.

나라에서 한 가구 당 한 달에 한 포대씩 밀가루 배급을 주던 시절, 어머니는 일주일에 한 번은 저녁 메뉴로 팥 칼국수를 끓이셨다. 해거름 녘 온 가족이 평상에 둘러앉아 팥 칼국수를 먹던 기억이 생생하다. 팥 칼국수를 끓이면 이틀이 행복했다. 따뜻한 팥 칼국수는 그 특유의 향과 맛으로 저녁 시간을 충분히 행복하게 해줬고, 밤새 설레는 마음을 안고 다음 날 아침을 맞이하게 했다. 저녁에 먹고 남은 팥 칼국수 때문이었다. 어머니는 항상 그것을 양푼에 담아서 장독대 위에 올리고 얼멍얼멍한 대바구니로 덮어 놓으셨다. 그리고 누나와 나, 동생을 바라보며 말씀하셨다. "낼 아침에 젤 먼저 일어나는 사람이 반을 묵고 나머지는 둘이 똑같이 갈라 묵어라~잉." 그 한마디로 그날 밤은 무척이나 길고 설레는 밤이 되었다. 장독대가 사라진 도시에서는 찾아볼 수 없는 맛과 정취가 되었지만, 밤사이 차가운 공기에 굳어진 팥칼국수는 평생 기억할만한 별미였다.

한 연구기관의 조사에 따르면, 우리나라 직장인 대다수가

한 번쯤은 '번아웃 증후군 burnout syndrome'을 경험한다고 한다. 최근에는 코로나 팬데믹이 길어지면서 우울증을 호소하는 사람들도 늘어나고 있다고 한다. 이렇게 업무에 치이고 일상에 지친 사람들에겐 누구에게도 방해받지 않는 자신만의 공간과 휴식이 필요하다. 그것을 케렌시아 Querencia 라고 부른다. 케렌시아가 특정 공간에만 국한된 것은 아니다. 여행이나 스포츠가 될 수도 있고 명상이나 음악이 될 수도 있다. 거기에 음식도 빠질 수 없다. 나에게는 팥 칼국수의 맛과 그것을 즐기는 시간과 공간이 '케렌시아'인 셈이다. 오늘도 퇴근길에 팥 칼국수 한 그릇을 먹어야겠다. 토닥토닥, 내 마음에 위로가 필요한 날이다.

# 아내가 웃었다

"모든 일에는 다 적당한 때가 있다는 말이 맞나 봐!"

휴일 아침, 방문을 걸어 잠그고 들어갔던 아내가 한참 만에 거실로 나오며 한숨처럼 토해낸 말이다. 뭔가 일이 생각처럼 잘 풀리지 않는 모양이다. 헝클어진 머리에 눈 밑에는 짙은 다크서클을 단 채로 털썩 소파에 주저앉는다. "다 늦게 나이 들어서, 내가 왜 이걸 하겠다고 작심을 한 거지? 집중도 안 되고 체력도 달려서 못하겠어. 지금이라도 관둘까 봐." 아내는 내게 의견을 묻는 게 아니다. 그냥 어디에라도 푸념을 내뱉고 싶은 것이다. TV를 보고 있던 나는 아내의 말이 끝나기를 기다렸다가 대꾸를 했다. "쉬엄쉬엄해. 어깨 좀 주물러 줄까?" 손을 내밀자 아내는 못 이기는 척 등을 들이민다.

결혼 전 아내는 인테리어 회사에서 디자이너로 근무했지

만, 결혼과 함께 아이를 가지면서 경단녀가 되었고, 이후 세 아이를 낳고 키우는 전업주부로 살아야 했다. 그러던 아내가 3월부터 갑자기 두 가지 일을 시작했다. 지난해 조경기능사 자격증을 취득하고 나서 좀 더 전문적인 공부를 해보겠다며 방송통신대학교 농학과에 입학하더니, 어느 날 구청의 채용 공고를 보고 응시해서 털컥, 기간제 공원 관리사로 취업까지 했다. 낮에는 공원 관리사로 일하고 밤에는 인터넷 강의를 들으며 공부하는 대학생이 된 것이다. 자신이 선택한 것이지만 말로만 듣던 주경야독에 집안 살림까지 도맡아 하느라 요즘 몸이 열 개라도 모자랄 것이다. 설상가상 레포트 제출 기간이 찾아오고, 그것을 마치기 무섭게 시험 기간에 접어들면서 아내의 긴장감과 스트레스는 최고조에 달했다.

외출했던 막내아들이 들어오자 아내가 한마디 한다. "아들, 엄마가 해 보니까 알겠어. 공부는 정말 때가 있는 것 같애. 뒤늦게 고생하지 말고 지금 젊을 때 열심히 해." 아들은 즉답을 피하고 예상하지 못했던 말로 국면을 전환 시킨다. "네~. 좀 피곤해 보이시네요. 이따가 설거지는 제가 할게요." 다정다감하진 않지만, 속정이 깊고 눈치가 빠른 녀석이다. 이 상황에서 설거지 카드를 내밀다니, 이 순간 나 역시 필살기를 부려서라도 살아남아야 한다. "그래? 그럼 청소는 아빠가 할게." 두 남자의 공약에 아내가 반색한다. "나야 좋지. 그럼 나는 하던 공부나 마저 해야겠네." 한결 밝아진 표정으로 아내가 다시 안방으로 들어간다. 입꼬리가 살짝 올라가고 엷은 미소가 피어나는 것이 보인다. 아내가 웃었다. 참으로 감사한 일이다.

# 마음 충전이 필요한 시간

벌써 7월이다. 이렇다 할 성과나 기억할 만한 일도 없이 홀쩍 6개월이 지나버렸다. 세월의 속도가 점점 빨라지는 것일까. 정신을 차려보니 세월은 어느 틈에 저만치 앞서 달리고 있다. 이럴 땐 차라리 잠시 쉬어가는 것도 방법이다.

7월 첫날, 일과를 마치자마자 아내와 함께 고향으로 향했다. 금요일 저녁이라서 길이 많이 막힐 줄 알았는데 의외로 교통상황은 원활했다. 장마와 폭우 때문에 나들이객이 줄어든 모양이다. 휴게소를 두 번이나 들렀는데도 4시간 30분 만에 고향에 닿을 수 있었다.

밤 10시가 다 된 시간이었지만 영애 씨는 잠자리에 들지 않고 있었다. 구부정한 허리에 지팡이를 짚고 현관까지 마중을 나왔다. 자식이 뭐라고, 그녀의 얼굴엔 가로등보다 환한 미소가 피어났다. 그 미소를 품에 안는 순간 장거리 운전의 피로가 씻은 듯 사라진다.

"시장하제? 우선 이놈으로 요구(요기) 좀 하소." 거실에 들어서기 무섭게 영애 씨는 수박과 옥수수와 감자를 식탁에 내놓았다. 설탕이라도 뿌린 듯 모든 음식이 먹기 좋게 달았다. 달달한 음식과 영애 씨의 구수한 입담에 취해 자정이 넘은 줄도 몰랐다. 마음 푸근한 밤이었다.

이튿날엔 부모님 산소를 찾아갔다. 산소 곳곳에 고사리나무가 무성하게 번식하고 있었다. 맨손으로 봉분 위에 자라난 고사리를 뽑아주고 나서 산소 앞에 돗자리를 깔고 앉아 멍하니 마을을 내려다보았다. 내리쬐는 햇살에 목이 점점 따가워졌다. 하지만 쉬이 일어나고 싶지 않았다. 그 시간 동안 말없이 부모님과 마주하고 있는 기분이었다. 아내가 없었다면 주절주절 속마음을 터놓고 싶었다. 여전히 보고 싶다고, 그곳에선 아프지 않고 편안하게 계시냐고….

산소를 내려와서 마을회관으로 향했다. 회관에는 마을 할머니 다섯 분이 모여서 심심풀이로 화투를 치고 있다가 반갑게 맞아주셨다. 두 손을 꼭 잡은 채 어머니에 대한 기억을 이야기할 때는 갑자기 목이 메고 눈시울이 뜨거워졌다. 준비해간 과일과 과자를 내려놓고 마을을 빠져나오면서 문득 이런 생각이 들었다. '언제쯤 다시 이곳을 찾게 될까?' '그때

까지도 이분들은 잘 지내고 계실까?'

마지막 날은 온종일 영애 씨와 함께했다. 아침을 먹고 꽃
단장을 한 영애 씨를 모시고 경치 좋은 바닷가 횟집에서 된
장 물회를 먹었다. 적당히 익은 열무김치가 듬뿍 들어간 된
장 물회가 입맛에 맞으시는지 영애 씨는 마지막까지 숟가락
을 놓지 않았다. 식사 후에는 카페에 들러 한참 수다를 떨었
다. 카페를 나서면서 영애 씨가 한마디 했다. "자네 덕에 내
가 우리 동네에서 젤 신식 할매로 소문 나부렀네." 즐겁고 고
맙다는 영애 씨만의 인사였다. 영애 씨의 환한 미소에 나 역
시 기분이 좋아졌고 늘 보던 바닷가 풍경도 이국적으로 느
껴졌다.

저녁 무렵부터 영애 씨의 발걸음이 빨라졌다. 텃밭과 창
고를 오가며 이것저것 바리바리 싸기 시작한다. 된장과 고
추장을 퍼담고 양파와 마늘, 고추와 상추까지 따고 싸서 자
동차 트렁크를 채워나갔다. 고향 가는 길이 설렘으로 가득
했다면 상경하는 길은 푸근함으로 가득하다. 트렁크를 빼곡
히 채운 영애 씨의 마음은 내게 다시 6개월을 살아갈 힘이
된다.

# 주말이 기다려지는 이유

　며칠 전, 친한 선배와 점심을 같이하고 근처 당구장으로 향했다. 찜통더위 때문인지 의외로 손님이 많았다. 다행히 한 자리가 남아 있어서 기다리지 않고 게임을 즐길 수 있었는데, 게임을 하는 내내 바로 옆자리에 자꾸 눈길이 갔다. 옆자리에는 칠십 대 중반으로 보이는, 백발이 성성한 어르신 네 명이 서로 농담을 주고받으며 즐겁게 게임을 하고 있었다. 그 모습이 마치 해맑은 10대 학생들 같았다. 문득 부럽다는 생각이 들었다. 그 나이에도 건강하게 스포츠를 즐길 수 있다는 것이 부러웠고, 무엇보다 마음이 통하고 취미가 같은 친구들이 있다는 사실이 부러웠다. 선배도 같은 마음이었는지 혼잣말처럼 이렇게 말했다. "우리도 저 나이에 저렇게 즐겁게 살아야 할 텐데…." 내 눈에도 참 좋아 보였다.

나에게도 그런 친구들이 있다. 그들이 있어서 늘 주말이 기다려진다. 벌써 15년째 이어지고 있는 이 만남은, 지금은 성인이 되어버린 아이들이 초등학생이었을 때 학부모 모임에서 시작됐다. 처음에는 일곱 사람이었는데 그중에서 취미가 같은 네 사람이 따로 뭉쳐서 주말 모임을 만들었다. 물론 네 사람이 다 모이는 건 두 달에 한 번 정도지만, 두 사람만 시간이 맞아도 모임을 진행해 오고 있어서 한 달에 두 번정도는 꼭 만나는 셈이다. 그래서 주말에는 불가피한 경조사가 있는 경우가 아니면 특별한 약속을 잡지 않는다.

네 사람이 다 같이 모이는 날은 보통 아침 10시에 실내골프장에 모여서 스크린 골프를 즐긴 다음 반주를 곁들인 늦은 점심을 먹는다. 그 후에 동네 당구장으로 이동해서 쓰리쿠션 당구를 3게임 정도 치고 나면 어느덧 저녁 식사 시간이 다가온다. 그렇게 온종일 붙어 있었는데도 저녁 식사를 마치고 헤어지는 순간에는 아쉬움에 서로 미적거리곤 한다. 사실 따지고 보면 네 사람이 뭉칠 수 있는 접점은 운동말고는 없다. 나이도 서로 서너 살 차이가 나고 고향도 다르고 서로 살아온 환경도 다르다. 하지만 10년이 넘는 세월을 함께하면서 이제는 누구보다 죽이 잘 맞는, 허물없는 친구 사이가 되어버렸다.

미국인 7천 명을 대상으로 한 9년간의 추적조사가 있었다. 흡연량, 음주량부터 일하는 스타일, 사회적 지위, 경제적 상황, 인간관계까지 세세한 조사를 통해서 장수하는 사람들의 공통점을 찾아내는 조사였다. 조사 결과, 담배나 술은 예상했던 것보다 수명에 큰 영향을 미치지 않은 것으로 나타났다. 이 조사에서 얻어낸 흥미로운 결과는 장수하는 사람들의 단 하나의 공통점은 바로 '친구의 수'였다. 일정한 주기로 만나는 친구들이 있고, 그 친구들과 보내는 시간이 많을수록 더 건강한 노년을 보낼 수 있다는 결론이었다.

또 주말이 다가온다. 이번 주말에도 별다른 약속이 없다. 예의 동네 친구들을 만나서 운동을 하고 맛있는 식사를 함께할 것이다. 생각만으로도 벌써 마음이 설렌다.

# 삶은 작은 것들로 이루어졌네

-메리 R. 하트먼

삶은 작은 것들로 이루어졌네.
위대한 희생이나 의무가 아니라
미소와 위로의 말 한마디가
우리의 삶을 아름다움으로 채우네.
간혹 가슴앓이가 오고 가지만
그것은 다른 얼굴을 한 축복일 뿐
시간의 책장을 넘기면
위대한 놀라움을 보여주리.

# 숲이 있어서 감사한 하루

휴일 아침, 고막을 뒤흔드는 요란한 소리에 잠에서 깼다. 매미 울음소리다. 아직 6시도 안 된 시각이지만 벌써 사위는 환하게 밝아 있고 골목은 인적 하나 없이 고즈넉하다. 매미 울음소리만 아니면 마치 세상 모든 것이 멈춰 있는 것 같은 풍경이다.

해마다 여름의 절정에서 마주치는 소리지만 좀체 익숙해지지 않는 것이 매미의 울음소리다. 매미는 왜 저렇게 치열하게 울어대고, 그 소리는 왜 이리도 처연하게 들리는 것일까. 아마도 울음소리만큼이나 처연한 매미의 일생 때문은 아닐까.

매미는 짝짓기에 성공하면 나무껍질에 알을 낳는다. 몇 개월 후 알에서 부화한 애벌레는 스스로 땅으로 떨어져서 땅속 나무뿌리에 기생하며 살게 된다. 그런데 그 기간이 무려 7년을 넘는다고 한다. 길게는 14년을 유충으로 살다가 마침내 껍질을 벗고 성충이 되기도 한다. 그렇게 오랜 기다림 끝에 세상에 나온 매미는 고작 2주 정도를 살다가 숙명적인 번식을 마치고 생을 마감하게 된다. 가장 뜨거운 태양 아래서 가장 치열하게 울어대다가 명멸하고 마는 것이다. 7년이 넘는 긴 기다림에 비해 턱없이 짧은 시간을 살아야 하는 매미는 1분 1초도 허투루 쓸 수 없는 운명을 타고났다. 그래서 매 순간 최선을 다해 날개짓을 해야 하고 한 번을 울어도 피를 토하듯 처절하게 울어야만 하는 것이다.

반바지에 티 한 장 걸치고 숲으로 향한다. 밤새 오락가락한 소나기와 열대야로 공기가 후텁지근하다. 그래도 숲으로 접어들자 청량한 바람이 느껴진다. 역시 숲은 숲이다.

나무 데크로 조성된 산책로를 따라 걷는데 등 뒤쪽에서 갑자기 '투둑' 소리와 함께 뭔가가 떨어진다. 돌아보니 도토리 열매가 달린 나뭇가지들이 여기저기 떨어져 있는데, 직경 2mm 정도에 대략 10cm 길이의 여린 가지에 대여섯 장의 푸른 잎과 한두 개의 열매가 달려 있다. 그런데 떨어진 가지의 단면은 마치 사람이 칼로 벤 듯 예리하게 잘려있고, 아직 여물지도 못하고 떨어진 열매를 자세히 살펴보면 작은 구멍이 보인다. 폭우가 쏟아지거나 큰바람이 부는 것도 아닌데 대체 누구의 소행일까? 범인은 바로 도토리거위벌레다.

도토리거위벌레는 등껍질이 딱딱한 딱정벌레목 거위벌레과의 곤충으로. 산란기가 찾아오면 톱날 같은 주둥이를 이용해 아직 덜 여문 도토리나 상수리 열매에 작은 구멍을 뚫고 그 안에 알을 낳는다. 그런 다음 그 나뭇가지를 잘라 땅으로 떨어뜨린다. 1주일 후, 알에서 부화한 유충은 단단하게 여물지 못한, 비교적 타닌이 적고 말랑한 도토리나 상수리의 속살을 파먹으며 성장하게 된다. 그리고 3주일쯤 지나면 열매를 뚫고 나와 땅속으로 들어가서 겨울나기를 준비한다. 어미 도토리거위벌레는 유충이 살아남을 수 있는 최적의 환경을 만들어주기 위해 사력을 다해 열매에 구멍을 뚫고 그 나뭇가지를 잘라낸 것이다. 본능적인 생존력이겠지만 자신의 몸보다 큰 나뭇가지를 잘라서 번식을 이어가는 모습은 경이롭기만 하다.

숲은 일상에 지친 우리에게 늘 푸르름을 선사하고, 가슴이 뻥 뚫리는 신선한 공기와 서늘한 그늘을 제공한다. 그리고 삶의 지혜와 경이로움까지 깨닫게 한다. 그런 숲이 있어서 감사한 휴일 아침이다.

# 마음 모드(MODE) 설정하기

캐나다에서 유학 중인 딸에게서 전화가 왔다. 영상통화였다. 통화 버튼을 누르자마자 속사포 같은 딸의 음성이 쏟아졌다.

"하이! 아빠, 아빠, 있잖아, 나 물어볼 게 있는데, 아빠는 '친구 따라 강남 간다.'는 말 어떻게 생각해. 친구 따라 강남 가도 되는 건가? 따라가면 안 되는 건가? 아빠 생각은 어때? 긍정? 부정? 강 따라만 가면 너무 수동적이고 줏대가 없는 건가?" "음, 글쎄⋯. 친구랑 어딜 가고 싶은 거야, 아니면 강남을 가고 싶은 거야?" "굳이 말하자면 둘 다? 친구도 좋고 강남도 가고 싶고." "아빠 생각엔 친구가 좋아서라면 함께 가보고, 그냥 강남을 가고 싶은 거라면 다시 한번 생각해보는 게 좋을 것 같은데⋯. 마음만 먹으면 강남은 언제든 갈 수 있으니까." "오호! 그렇단 말이지." "딸, 무슨 일인데 그래?"

그제야 딸은 흥분을 가라앉히고 사연을 털어놓았다. 줄리아 언니한테 전화가 왔는데 항공사 승무원 공채에 한 번 응시해 보라는 제안을 받았다고 한다. 줄리아는 딸이 캐나다에서 만난 한국인 언니로 몇 해 전 두바이 항공사 승무원 시험에 합격해서 스튜어디스가 되었다.

"딸, 한 번 응시해 봐. 합격 여부를 떠나서 좋은 경험이 될 것 같은데." "야쓰, 야쓰. 나도 그렇게 생각해. 한 번 도전해 보려고."

그렇게 일주일이 지나갔다. 아내와 딸 이야기를 하다가 갑자기 그날 일이 떠올랐다.

"우리 딸 승무원 시험 면접 날짜가 언제라고 했지? 벌써 면접 봤나?" "그러게. 카톡으로 물어볼까?" 아내는 휴대폰을 꺼내서 딸에게 카톡 메시지를 보냈다. "딸, 항공사 면접일이 언제야?" 딸에게서 금방 답 문자가 도착했다. "이번 주 수요일. 날짜가 임박하니까 가슴이 두근두근~ㅜㅜ. 이럴 땐 어떡하지?" 아내 대신 딸의 질문에 답 문자를 보냈다. "그럴 땐 마음 모드를 음향으로 설정해 봐. 마음 모드가 진동으로 설정돼 있어서 더 떨리는 걸 거야." "엥? 그게 무슨 말이에유?" "어, 하고 싶은 말이나 표현하고 싶은 감정이 있는데 그걸 가슴속에만 담아두면 진동 모드인 거고, 입 밖으로 꺼내서 주변 사람들과 함께 이야기를 나누면 그게 음향 모드인 거지." "어렵구면유. 암튼 내일 지원서에 붙일 사진 촬영하니까 사진 나오면 보여 줄게유." 다행이다. 문자로 주고받은 짧은 대화였지만 딸의 마음이 한결 가벼워진 걸 느낄 수 있었다.

마음은 섬세하고 복잡하다. 내 마음인데도 내가 헤아릴 수 없는 경우가 많다. 마음이 복잡할 때는 오히려 단순하게 대처하는 것이 좋은 방법이 될 수 있다. 마음이 복잡하고 우울할 땐 마음 모드를 진동이 아닌 음향 모드로 설정해 보자. 그것만으로도 한결 달라진 마음의 상태를 느낄 수 있을 것이다.

술 한 잔을 마셔도 혼자 마시면 음주지만 여럿이 함께 마시면 축배가 된다.

# 마음이 읽히는 택배 상자

　　토요일 아침, 잠에서 깨자마자 거실 창문을 열어젖히고 물 한 잔을 마신다. 제법 쌀쌀해진 바람이 몸을 움츠리게 한다. 경량패딩을 걸치고 집을 나선다. 아침을 먹기 전에 뒷산을 한 바퀴 돌고 올 생각이다. 현관문을 여는데 무언가 턱, 걸리는 소리가 나고 문이 반밖에 열리지 않는다. 빼꼼히 고개를 내밀어 보았더니 택배 상자 하나가 눈에 들어온다. 운송장에는 '구룡포 과메기'라는 글자가 선명하게 찍혀 있다. '누가 과메기를 보냈지?' 허리를 굽히고 운송장을 자세히 들여다본다. 낯익은 이름이 적혀 있다. 사업 때문에 동에 번쩍 서에 번쩍, 전국 팔도를 휘젓고 다니는 친구의 이름이다. 며칠 전 전화통화를 했을 때 출장 차 포항에 내려가 있다더니 그곳에서 내 생각을 한 모양이다. 친구의 마음 씀씀이에 빙긋이 미소가 지어진다.

하루가 다르게 짙어지는 단풍의 농도만큼 사람들의 마음도 깊어지고 애틋함이 커지는 모양이다. 가을이 깊어가면서 매주 한두 건의 택배가 날아온다. 제주살이 2년째인 아들은 제주 명물인 오메기떡을 보내왔다. 지난 추석 명절에 처음 사 온 오메기떡에 열광하던 엄마의 얼굴이 눈에 밟힌 모양이다. 구미에 사는 큰누나는 고구마 한 상자를 보내왔다. "맛이 있을랑가 모르것네. 그래도 젤 실한 것만 골라 담은 거여. 맛나게 묵어."

화성에서 사업체를 운영하는 친구는 짬짬이 일군 텃밭에서 수확한 멕시코감자 한 상자를 보내왔다. 벌써 3년째 보내오고 있는데, 고맙다는 전화를 할 때마다 매번 한결같은 대사를 들려준다. "멕시코감자가 당뇨에 좋다더라. 건강관리 잘해서 오래오래 얼굴 보고 살자, 친구야!" 택배 상자의 무게만큼 묵직한 친구의 한 마디가 가슴 뭉클하게 만든다.

처가에서 보내온 택배 상자에는 가을 들판이 통째로 담겨 있다. 단단하게 여문 단감 몇 개와 햇밤 한 봉지, 그리고 무와 배추, 들깻잎, 풋고추 등 푸성귀가 가득하고 장모님이 직접 담근 김치까지 들어 있다. 자식들에게 이렇게 바리바리 싸서 보내려고 장모님은 호미처럼 굽은 허리로 가을 들판을 헤집고 다니셨을 것이다. 구순을 바라보는 나이라서 이제는 일이 힘에 부치시는지 입이 부르트다 못해 빨갛게 단풍까지 들었지만, 장모님 입가에는 흐뭇한 미소가 떠나지 않는다.

철마다 다양한 택배가 당도한다. 겨울이면 고향 특산품인 김을 보내오는 친구가 있고, 차가운 뻘밭에서 직접 채굴한 자연산 굴과 피조개를 보내오는 친구도 있다. 또다시 봄이 찾아오면 장모님은 야들야들한 쑥과 미나리로 고향의 봄소식을 전해올 것이고, 여름이 다가오면 몇 해 전 귀농한 후배로부터 탱탱하게 잘 여문 토마토가 당도할 것이다. 정육점과 외식사업을 하는 친구는 잊을 만하면 또 고기가 가득 담긴 택배 상자를 보내올 것이다.

그래서일까, 택배 상자에는 늘 설렘이 묻어난다. 그 안에는 고향의 내음, 계절의 향이 가득하다. 그리고 눈에 보이지는 않지만 보내는 이의 세심하고 따뜻한 마음이 하나하나 또렷하게 읽힌다. 이렇게 택배로 마음을 주고받을 수 있는 사람들이 있다는 건 행복하고 감사한 일이다.

오는 주말에는 고마운 분들께 택배를 보내야겠다. 아직 서점에 깔리지도 않은 따끈따끈한 새 책과 함께 감사의 마음을 가득 담아볼 생각이다.

# 참나무

-알프레드 테니슨

젊었거나 늙었거나,
저 참나무처럼
네 삶을 살아라.
봄에는 찬란한
황금빛으로 빛나며
여름에는 무성하고
그리하여 가을이 오면 다시
더욱더 맑은
황금빛이 되어라.
그 모든 잎이
마침내 떨어지고 나면
보라, 줄기와 가지로
나목 되어 선
저 벌거벗은 힘을.

# 온기가 필요한 계절

쌀쌀한 주말 아침, 아내의 움직임이 분주하다. 여름 내내 베란다와 창틀에 내놓았던 화분들을 하나하나 거실로 옮기고 있다. 혹시라도 냉해를 입을까 봐 위치 하나하나에도 세심하게 신경 쓰는 손길이 보인다. 햇살이 필요한 선인장이나 다육식물 화분은 최대한 창가 쪽에 배치하고 나머지 꽃과 나무들은 그보다 안쪽에 자리를 잡아 준다. 그리고 식물의 키와 화분의 크기를 따져가며 요리조리 자리를 바꿔본다. 그렇게 반나절 동안 부지런하게 움직인 아내 덕분에 거실은 어느새 온기가 흐르는 작은 화원으로 변한다.

전국 곳곳에 때아닌 한파특보와 한파주의보가 내려졌다. 매스컴에서는 64년 만에 찾아온 가을 추위라고 호들갑을 떤다. 엊그제만 해도 낮 기온이 30도를 오르내렸는데, 하루

사이에 거리 풍경이 한겨울 풍경으로 돌변했다. 반소매 차림으로 거리를 오가던 사람들은 온데간데없고 무릎까지 내려오는 롱 패딩이나 두꺼운 코트를 입은 사람들이 거리 곳곳에 보인다. 상가의 옷가게 진열대에도 어느새 두툼한 겨울옷들이 올라와 있다.

일교차가 커지고 한파가 닥칠 때마다 병원을 찾는 환자가 늘어나고, 기다렸다는 듯 여기저기서 부고가 날아들기도 한다. 기온의 변화는 체온의 변화로 이어지고, 그 변화는 대부분 건강의 적신호가 되기 때문이다. 일반적으로 36.5℃의 체온은 우리 몸에서 신진대사와 혈액순환, 면역체계 작동 등이 가장 활발하게 이루어지는 온도이다. 그렇다고 모든 사람의 체온이 36.5℃여야 정상인 것은 아니다. 체온은 나이나 성별, 활동량이나 스트레스 강도 등에 따라 차이가 있는데, 노인의 경우에는 보통 건강한 성인보다 체온이 0.5℃가량 낮아서 온갖 질병의 표적이 된다. 면역력이 약해지기 때문이다. 전문가들은 '체온이 1℃ 낮아지면 면역력이 30% 정도 감소한다.'고 말한다. 거꾸로 생각하면, 체온이 1도 상승하면 면역력도 30% 이상 상승한다는 얘기가 된다.

한 가정의학과 전문의는 '부부가 한 침대를 사용하고 손을 맞잡는 것만으로도 체온을 0.5도 이상 올릴 수 있다.'고 말한다. 금슬 좋고, 스킨십이 자연스러운 관계일수록 건강하게 살 수 있다는 말이다. 가족이나 친구 사이도 마찬가지다. 표현을 해야 서로의 마음을 확인할 수 있고 더욱 돈독한 관계를 만들어 갈 수 있다. 표현을 잘하는 사람들은 대체로 웃는 얼굴을 하고 있다. 웃는 얼굴, 즉 웃음과 미소는 즐겁고 행복한 상태일 때 나타나는 표정이다. 하지만 마음의 상태와 관계없이 애써 웃어 보이고 미소를 짓는 것만으로도 좀 더 즐겁고 행복해질 수 있다. 즐겁고 행복한 상태일 때 우리 마음에는 감사의 기운이 차오른다. 또 그런 사람에게선 따뜻한 온기가 느껴지고, 온기가 있는 곳에는 늘 사람들이 모여든다.

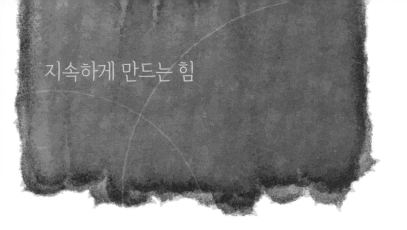

# 지속하게 만드는 힘

10년 이상 지속해오고 있는 두 가지가 있다.

그 하나가 매일 1만 보 이상 걷기이다. 퇴근 후 저녁 식사를 마치면 습관적으로 뒷산 산책길로 향한다. 한 시간 정도 걷다 보면 체온이 오르는 것을 느낄 수 있고 한겨울에도 겨드랑이에 땀이 난다. 가끔 몸 상태가 안 좋거나 이유 없이 움직이기 귀찮을 때도 있지만 그때마다 나를 일으켜 세우는 한 마디가 있다. "오늘도 운동갈 거지? 당신은 정말 대단해. 어떻게 그렇게 꾸준히 할 수 있지? 존경스러워!" 아내의 그 한 마디가 10년을 지속하게 만드는 동력이었다.

다른 하나는 매년 연말연시에 '연하 도서'를 출간하는 일이다. 연하 도서는 연하장을 대체하는 개념의 64쪽 미니 북이다. 새해 인사말이 첫 페이지에 들어가고, 본문에는 짧지만 긴 여운을 안겨주는 30여 편의 이야기들이 실려 있다.

다양한 사람들의 이야기와 그들이 남긴 말들을 통해서 한 번쯤 우리의 삶을 돌아볼 수 있는 시간을 가져보자는 취지에서 기획된 것이다. 처음 한 권의 연하 도서를 시장에 내놓았을 때만 해도, 이렇게 10년이 넘도록 계속 출간할 것이라고는 생각하지 못했다. 자기계발 관련 단행본 출판을 해 오다가 우연한 기회에 연하 도서를 제작하게 되었는데, 전혀 예상하지 못한 고객들의 반응이 이어졌다. '좋은 책을 내줘서 고맙다.' '따뜻한 위로와 용기를 얻었다.' '정기 구독하고 싶다.' 등등의 칭찬과 응원 전화가 출판사에 걸려왔다. 직접 사무실까지 찾아와서 고맙다는 인사를 전하고 책을 사 가는 고객도 여럿이었다. 그 특별하고 감사한 경험이 일회성으로 기획되었던 도서를 10년 넘게 출간할 수 있게 만들어 준 것이다.

칭찬은, 하는 사람도 받는 사람도 기분이 좋아지게 만드는 마법 같은 힘을 가졌다. 진심 어린 칭찬에는 따뜻한 관심과 기대가 들어 있고, 그 진심이 상대방의 마음에 전해지면서 행복감과 감사함을 안겨준다. 또 작은 칭찬 한마디가 누군가에겐 삶을 지탱하는 희망의 끈이 되기도 하고 인생을 바꿔주는 터닝 포인트가 되기도 한다.

마크 트웨인은 이렇게 말했다. "좋은 칭찬 한마디에 두 달은 살 수 있다." 우리는 늘 칭찬을 갈망하며 살아가지만 정작 자신이 타인을 칭찬하는 일에는 인색한 편이다. 칭찬에 인색한 사람은 대체로 불행하다. 감사함을 느낄 마음의 여유가 없기 때문이다. 오늘, 행복과 감사가 넘치는 하루를 원한다면 지금 내 곁을 지키고 있는 그 사람에게 칭찬을 선물해 보자. 좋은 칭찬은 따뜻한 관심 속에서 피어난다.

# 연탄 한 장의 온기

　　겨울의 초입에 서면 늘 '눈'과 '크리스마스' 같은 단어들이 먼저 떠오르고, 그 생각만으로도 작은 설렘이 느껴지기도 한다. 하지만 조금만 주변을 돌아보면 설렘 대신 두려움과 외로움을 떠올리는 사람들도 적지 않음을 발견하게 된다. 거동이 불편한 사람이나 독거 노인에게는 눈과 크리스마스가 달갑지만은 않은 단어이다. 더구나 하루하루 난방을 걱정해야 하는 처지라면 그들에게 겨울은 재앙에 가깝다. 믿어지지 않지만, 아직도 연탄으로 난방을 하는 가구가 서울시에만 5천 가구가 넘고, 그중의 82%는 무허가 건물에 거주하고 있다고 한다. 그들에게는 거추장스러운 눈이나 현실감 없는 크리스마스보다 당장 오늘 밤 방바닥을 데워줄 연탄 한 장이 더 소중할 것이다.

　　지난 12월 1일, 서울시청 앞 광장을 필두로 전국 17개시·도에서 '사랑의 온도탑' 제막식이 열렸다. 해마다 사회복지공동모금회가 진행하는 '희망나눔캠페인'의 시작을 알리는 행사다. 이 캠페인은 매년 12월 1일부터 이듬해 1월 31일까지 62일간 진행되는 행사로, 불우한 이웃과 사회적 약자나 소외된 이웃을 돕기 위한 모금 운동을 벌인다. 목표액의 1%가 모일 때마다 온도탑의 수은주도 1도씩 올라간다. 그 숫자가 아직은 우리 사회에 온정이 남아 있고, 여전히 살만한 세상이라는 것을 대변해준다.

해마다 이맘때면 매스컴에서 익명의 독지가나 이름 없는 천사들의 기부 소식이 들려온다. 그중에는 어려운 시절을 이겨내고 성공한 사람도 있지만, 여전히 어렵게 살면서 신문이나 파지, 공병들을 팔아 한푼 두푼 모은 돈을 흔쾌히 내놓은 경우도 많다. 기부는 결코 부자들만의 전유물이 아니다.

기부는 마음만 먹으면 누구나 실천할 수 있는 일이다. 너무 거창하게 생각하지 말고 작은 실천부터 시도해 보자. 길을 가다가 구세군 종소리가 들리면 잠시 발걸음을 멈추고 빨간 자선냄비에 연탄 한 장 값을 기부해 보는 건 어떨까.

연탄 한 장의 가격은 대략 730원 전후로 형성되어 있다. 천 원짜리 한 장이면 연탄 한 장을 사고도 남는다. 우리가

매일 습관처럼 사 마시는 커피 한 잔 값이면 무려 다섯 장의
연탄을 살 수 있다. 고작 3.65kg의 시커먼 연탄 한 장이지
만 그것이 누군가에게 전해지는 순간 마법 같은 일이 일어
난다. 누군가에겐 36.5도의 체온 같은 온기가 되어 주기 때
문이다.

남극의 황제펭귄은 영하 50도의 극한 상황에서도 번식
과 생존을 이어간다. 그들은 추위를 이겨내기 위해서 무리
를 지어서 바람이 불어오는 반대쪽을 향해 고개를 숙인 채
서로의 몸을 밀착한다. 그렇게 하면 무리 안의 온도가 20도
에서 36.5도까지 치솟는다고 한다. 그들은 또 바깥쪽에 있
는 펭귄과 안쪽에 있는 펭귄이 수시로 위치를 바꿔가며 골
고루 온기를 나눠 갖는다. 그것이 그들의 생존비결이다.

기부나 나눔도 특별한 선행이 아니라 우리 인간들의 생
존비결이라는 생각이 든다. 더불어 사는 세상이다. 나를 둘
러싼 주변 환경에 온기가 흐를 때 나 역시 온기를 느끼고 체
온을 유지할 수 있다.

**소소한** 일상

**글쓴이** 곽동언
**펴낸이** 우지형

**인쇄** 하정문화사
**제본** 영글문화사
**후가공** (주)금성엘엔에스
**디자인** redkoplus

**펴낸곳** 나무한그루
**주소** 서울시 마포구 독막로10, 성지빌딩 713호
**전화** (02)333-9028  **팩스** (02)333-9038
**이메일** namuhanguru@empas.com
**출판등록** 제313-2004-000156호

ISBN 978-89-91824-68-3 02810
값  4,500원